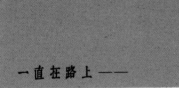

一直在路上——

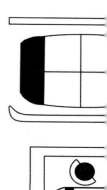

橘子 著

2013-2023

长江出版传媒 | 长江文艺出版社

图书在版编目（CIP）数据

画眉 / 橘子著. — 武汉：长江文艺出版社，
2023. 10
ISBN 978-7-5702-3281-9

Ⅰ. ①画… Ⅱ. ①橘… Ⅲ. ①诗集－中国－当代
Ⅳ. ①I227

中国国家版本馆 CIP 数据核字(2023)第 138969 号

画眉
HUAMEI

责任编辑：王成晨　　石　忆　　　　责任校对：毛季慧
封面设计：祁泽娟　　　　　　　　　　责任印制：邱　莉　　王光兴

出版：长江出版传媒 ｜ 长江文艺出版社
地址：武汉市雄楚大街 268 号　　　　邮编：430070
发行：长江文艺出版社
http://www.cjlap.com
印刷：湖北恒泰印务有限公司

开本：880 毫米×1230 毫米　　　1/32　　印张：6.5
版次：2023 年 10 月第 1 版　　　　　2023 年 10 月第 1 次印刷
行数：2760 行

定价：49.00 元

20
13
|
20
23

为《画眉》画个眉（代序）

荣　荣

　　俺浙江大佬张岱在《夜航船》文学部中八卦过这样一件事：韩愈对朝中同僚说崔群，"我与丞相崔群同年考中进士，交往多年，觉得他真是聪明过人"。那人问："他有什么地方超过别人呢？"韩愈说："与我交往二十多年，他从来不曾说过文章的事。"

　　韩愈作为唐宋八大家之首，文章自然是举世公认的好，与韩说文章，是否有班门弄斧之嫌？如果说韩的文章，盛赞岂非锦上添花，多此一举，批评则肯定会被认为眼光不够。不咸不淡说几句，岂不是眼光水平都不行，跌了朝廷文官之首的份？显而易见，作为官场好友、合作伙伴，韩愈有自己的骄傲，崔群也有自己的矜持，他们对此又心知肚明，双双都聪明得紧。

　　我觉得在这方面，我也是比较聪明的，评论文章是文学批评家的事，评论朋友的文章，我一般更是少做。只不过跟伟大的崔群丞相不与韩愈淡文章不同的是，我是真的聪明地觉得自己这方面笨，不想太露怯而已。藏拙就是自我保护。

　　也有推不过的，比如张岱乡里后生诗人橘子。

　　我与橘子的缘分还在于2018年绍兴作协召开的诗歌作品改稿会，记得那次让我给作品提修改意见的诗歌作者有五六位，读橘子的诗，当时就给我一种惊艳的感觉，尽管看介绍，这是一位2013年才开始写诗的年轻诗人，但他的诗已有相当的水准，诗中透出的气息，是我喜欢的沉稳、巧思、大气，诗中那些隐秘而丰沛的情感，丰富的人生阅历和见地，都让我止不住夸奖的话。事后他不止一次地感激我对他的鼓励，说我是第一个对他的诗作不吝褒奖之人，他也因此更加发奋，我主编的《文学港》杂志还编发过他的几组诗。去年是他写作十周年，他告诉我想出本诗集，给自己的诗歌来个阶段性的总结，请我这个诗歌路上的"贵人"给他写个序。

一开始我自然回绝，当时回绝首先想到的不是自己想"聪明"，而是觉得我资历不够，评点几句说算了，哪能老三老四总替人写序，而老给人写序什么的，总有在诗坛充"小老大"之嫌。但是拗不过他几次三番的热情认定，从去年六月拖到现在，眼看出版社那边等我这篇"序"填空，才不得不提笔，以几点读后感冒充一下，笨上一回。

读后感想说三点：一是借助意象的媒介，找到抒情入点的娴熟能力与精巧、节制、点到为止的上佳抒情控制能力。以《青瓷》一诗为证：

见你。我从不
遮掩
该硬的硬，该刚的刚
也有软的地方，
当你说起

故乡。我泥质的心就有了

瓷的温柔与光泽。

想你，

是一个遥远的名词。是月夜下

峥嵘的时光

在我出火窑口的那日起

遇风，

一层一层地碎。

这人世间开片的疼和伤

我也从来不向你

隐藏。

　　这首小小的抒情诗以"青瓷"这一意象通贯全诗，很委婉地表达了一位处在爱的境况中的人的复杂的心思，是同类情诗中难得的佳品。

　　"见你，我从不遮掩……想你，是一个遥远的名词……"也许有些爱是永远无法在一起的，但是爱并不是说能放下就放下，它是刻在人心里的某种印痕，有些永远无法抹去。

　　在爱面前，有的人善于伪装，善于逃避，有的人善于隐藏，善于内敛，或者不愿直面伤口，或者只会在暗处默默承受。爱本无罪，真诚相对，从来不需要遮掩，即使爱无所获，即使最后伤痕累累。但宁愿付出，这不就是一种真爱吗？俗话说伤得不深就是爱得不彻。没有真正地爱过，又岂能透彻到灵魂层面的伤痛与直白。或许这就是诗人追求的真吧，宛如青瓷的冰清刚洁，即使开片，碎而不裂。

在橘子的诗集中借助意象切入抒情比比皆是，又如《江南的冬天》：

> 我总觉得，江南的冬天
> 像极了一场蓄谋已久的爱情
>
> 先是秋风吹熟了五谷
> 又降霜露熬红整片枫林
>
> 慢慢地，它的风儿就寒了。你会感到
> 它的袖子里藏着刀
>
> 它削却了你的热情，削裂了
> 你的脸颊、嘴唇。又刺向你的心
>
> 让你生疼。它又学着一个早餐店"刀削面"
> 师傅，为你削一碗暖暖的"阳春白雪"

这首诗以"冬天"这个意象来统领，将人间爱情中的诸多复杂难言，表现得让人心动。仿佛娓娓诉说着江南小城一个关于爱情的故事。仿佛是一个未经世事的调皮女生，用她自己的独特，诠释着这份初爱的调皮、多变与喜悦；又仿佛一个木讷的男生，堕入爱河，尝尽爱的酸甜坎坷……人间的爱没有经历风雨又岂能收获爱之甜蜜。

第二点是橘子的诗质地温暖，言之有物。读过太多空洞高腔的抒情，一首温暖小诗的清新可爱，反而会让我们在这生不带来死不带去的空荡人生里，感觉能真实地握住些什么。他诗歌里暖色调的亲情、友情、爱情、故乡之情，皆是如此。由此想到现实中的他，虽然接触仅有几次，但真感觉诗如其人。我特别喜欢他这首小诗，感觉诗艺情感的表达特别贴切和谐：

母亲说，她的名字里带着一个"荷"
她的生日也在六月
在十里荷塘，她看到满池怒放的荷花
——我能读出她眼里燃起一把火
这把火烧着我的父亲

瞧，他站在那里。在一池
的荷花之下；在涟涟的水叶之间
70 多岁的老头，佝偻的身板
脸上竟是当年的模样
在他的顶上荡漾着一朵最美最美的红霞
（《带着父母去看荷》）

再读一首《桃花》，自古诗人写"桃花"的情诗颇多。桃花绚烂多姿，热情奔野，花瓣单薄又娇柔造作，忽遇一夜早春的寒潮，淋漓带雨，迷蒙烟尘，梦里花落知多少。自古落花有意流水无情，自古花事三千，面露桃色——桃花终是逃不出人间的情事。仿佛我们梦里又有那么一片桃源，它向阳开着，春风十里，染尽风华。读橘子的《桃花》，又让人有无尽的遐思。

看你时

正是草长莺飞的三月

阳光柔柔　人面相依

仿佛步入一个繁华的宋都

热闹的市集　林豹头在菜园喝酒　娘子在家纺纱

宋衙子寻花

所到处　天色黯然

让我不能想起　这是在昨日还是来生

你的美

是我撼动不了的清愁

就像站在这沃州　满目的桃源

春风一度

万枝攒动　来烧灼我的今世

　　橘子的"桃花"缓缓抒情，写实与虚构并行，现实与梦幻交缠，似梦境又恍如隔世。仿佛一个书生，正面对着桃花，痴念他前世的情人。诗中引用《水浒传》的故事及人物：玩世不恭的宋衙子，英雄末路的林冲，林家的小娘子，而诗人又是谁呢？这也许是前世的故事。玩世不恭的宋衙子独爱林娘子，林冲虽有娇妻却是郁郁不得志……人间终有难平事，而桃花之美，灼灼其华，这一季的桃花足以让人三生三世的痴念。

　　第三点我想说的是，他诗中不时流露出的自觉的现代意识，这让他的诗具有了当下性与鲜活性，也让他的诗立意开阔起来，具有了普世意义上的价值。比如集子里有不少反映小人物生存境遇的诗，那样的诗脱下了虚饰的伪装，有无奈，有尴尬，有挣扎，有悲喜，相信会让不少人感同身受。比如开首那诗《活着》：

> 不吸烟，有时候想猛抽一把
> 不喝酒，有时候
> 想酣醉一场
> 有时候，我不是我
> 被一点一点侵蚀
> 拆卸、组装。
> 眼睛钉在屁股上，腿长成手，手换成腿
> 丢弃了味觉、嗅觉、听觉
> 又拾起嫉恶、仇怨、冷漠、兴奋……
> 直到累了、垮了，把自己复位。
> 眼睛还在
> 四肢还是原来的四肢。在寒风
> 料峭，初雪蒸融的旷野
> 我又听到人们说话。

诗中表露出的想放纵又不得不收敛的，一次次扮回循规蹈矩的人生角色，仿佛一场小喜剧。再看这首同样让人感慨的诗《蚂蚁》：

> 小一点
> 小一点
> 再低一点

让我看不到远方，看不见

你的城

此生，只想拥有一份小小的悸动和一种

小小的幸福

看着秋风里最后一片黄叶

在空中打旋，投落下最后一滴

影子

我看清楚自己

小小的身体

像

一只

蚂蚁

　　橘子的诗龄十年，十年磨一剑，对于一名业余作者有诸多的
不易，我也感动于他的坚持。从他的后记里我看到了他坚持的动
力来源，那就是收藏式的记录。他有一个小而零乱的书房，在那
方寸之地，有他生活最真实的一面，他什么都不想丢，不想丢的
虽然是生活中的各种物性的东西，但何尝不是他精神怀旧层面的
一个投影。也许，当他用文字记录人生感情感怀时，我认定他就
是一个对旧事物充满依恋的收藏者。诗集取名为《画眉》，肯定
有着新诗人"画眉深浅入时无"的忐忑，其实这样的不自信大可
不必。只是今后的诗路该如何走？倒是值得诗人去用心规划一
番的。

　　我其中的一个建议是，尽量建立起自我写作格调。这个问题
很大，也是每个写作者不断追求的，最主要解决的还是独特性表

达与呈现,有内容上的,有诗艺上的,人无我有,人有我深(意),角度新颖,艺术呈现别致;当然还有题材的开拓与创新问题,打个比方,如果我将你收入集中的大部分诗比作小品的话,我期望今后在你的作品中读到更多具有深意与广度的作品。

最后我想说的是,在写作的道上要走得久走得远,还得有点争秀称雄的野心,比如能让人拍案叫绝的,洛阳纸贵的,青史留名的,能跑入当下最前沿的诗人方阵甚至做诗歌艺术领跑者的,等等。写到这里,我又想到张岱《夜航船》文学部里的一件事:唐代宝历年间,杨嗣复大宴宾客,元稹、白居易也在宴会上参加了赋诗,只有杨嗣复最后完成,写得最好。元稹、白居易也都佩服。这让杨嗣复非常开心,大醉而归,回来对弟子说:"我今天的诗压倒了元、白啊!"

借老乡张岱写的文学旧事,祝橘子的诗写之路更加出彩。

2023. 3. 12 于宁波寓所

目 录

活 着

不吸烟，有时候想猛抽一把
不喝酒，有时候
想酩醉一场
有时候，我不是我
被一点一点侵蚀
拆卸、组装。
眼睛钉在屁股上，腿长成手，手换成腿
丢弃了
味觉、嗅觉、听觉
又拾起嫉恶、仇怨、冷漠、兴奋……
直到累了、垮了、把自己复位。
眼睛还在
四肢还是原来的四肢。在寒风
料峭、初雪蒸融的旷野
我又听到人们说话。

青 瓷

见你，我从不
遮掩
该硬的硬，该刚的刚
也有软的地方，
当你说起
故乡，我泥质的心就有了
瓷的温柔与光泽。
想你，
是一个遥远的名词。是月夜下
峥嵘的时光
在我出火窑口的那日起
遇风，
一层一层地碎。
这人世间开片的疼和伤
我也从来不向你
隐藏。

十 年

我才知道，时间
的短暂。
一天，也就一个上午或者一个
下午。也就那么一根烟、一壶茶或者
一局棋。
许多的事都在重复。
而白发攀上你的枝头，岁月的纹路
在年轮里添上沧桑。
现在，
我才知道与你的距离。
从一座城到另一座城
从一片飘零的叶到另一片飘零的叶
天一黑一亮，
我想你，又是十年。

梅

无法用一朵花去形容你
玫瑰太过妖艳，百合太过清纯

你在玫瑰的红与玫瑰的紫延伸的花瓣里
你在百合穿过百合的水袖间

倾城的朝露是带冰的雪莲
你的脸贴向塞北

江南的窗格，你的身影绰绰，暗香犹存
你在明月里照见你的前生

用靠近一朵花的姿势去爱你，或者
恨你

我飞遍十万里的江山，爱过千山万水
省略了寒冷和孤单

四十岁

还没有从梦中醒来
还是在寻找春天
像一棵树
经历过枝繁叶落的甜与苦　经历过
风寒雨冻的凋零和阵痛

我的冬天比任何一个季节
都要漫长

雪还没有来临　虫豸在田野上蛰伏
可也没有再冷的天
让它们死去
在绝望中死去

大海在寂静中喘息　你的色彩
由暗蓝变成暗蓝

当东风吹起　它们也该苏醒
和我一样

月　亮

如果，你能想象
我就是一只猴子，山中的猴
你就是一朵月，那
天上的虹。
在黎明前离开，在黑夜时回。
我看着你阴晴圆缺，
看着多少诗人
把你写进
他们的梦乡。
而我只是，只是挂在树枝上
垂下来，垂
下来……
在某个夜晚，在某条小河边
轻轻触碰你水中的脸

影　子

总能听到一些吧——
比如说，蒲公英的心事，
村庄里的牛羊
以及，十二月的阳光把干草堆晒得"哗哗剥剥"
仿佛着了火。然后，
再看见它把林子里一棵棵光秃秃的树
分成两半。一半在风中战栗
一半软软地伏贴在地。
从上午到下午
它都是对着太阳的。
太阳从东边赶到西边，它就跟着从西面
蹿到东面
再慢慢地被拉长，被模糊，被消失
像一个快乐的人

蚂 蚁

小一点
小一点
再低一点
让我看不到远方　看不见
你的城
此生　只想拥有一份小小的悸动和一种
小小的幸福
看着秋风里最后一片黄叶
在空中打旋　投落下最后一滴
影子
我看清楚自己
小小的身体
像
一只
蚂蚁

捕　风

你没有歇下来，从来
没有。
你从海的那边来，从山的那边来，
从遥远的遥远中来。
你擦过树梢，
叶子动了一下。
后来，那片落叶就跟了你。
再后来，
那一片一片的落叶都跟了你。像我
那些
飘落在故乡的眼泪。

崇仁古镇

庙宇，宗祠，花阁，飞檐，廊雕……
仿佛回到了一千多年前的宋朝。那里
男子蓄发，女子素裙
他们养蚕种桑，织麻纺纱。
悠悠的长巷是青苔的故乡。老人们
摇着蒲扇纳凉。孙儿们踢毽子，跳皮筋。他们抬头
望见的是一片蔚蓝的天。
这就是崇仁古镇
人们褪下了宋服换长衫，收起长衫罩短袖，
又割去祖上盘了几辈子的长辫子……
时光仍留恋历史的长廊。
我看到院落里附满尘埃的农具、家什
它们的眉骨里点出寂寞的痣。仿佛是我前世
的旧美人
而那些古井，圆门，戏台，木椽口
就是相约的地方

浪　花

我还剩下大把的时间　用来翻阅
欣赏这黑夜里的海
有风
在月下飞起
黑色的礁石和白色的浪花恋爱
即使是一种破碎
也是那么壮美

我要捕获那碎裂的瞬间
像珍珠一样飞溅的　盛开的　散落的
洁白的浪花
我一定一颗不少将它们收回
再扑向你

蝶 舞

你来
我们跳舞
在梦起的地方
相遇
相舞

你去
词曲依旧
我独处水面的一隅
对影
成舞

你看
那片荒芜的沙丘
我们曾经
蝶舞
一片
爱的绿洲

藕的情丝

为了不再去见你
他沉入水底

这还不够吗
他又把自己深埋进淤泥

眼前漆黑　天和地都虚无
他不断地排空自己

寂寞洞穿他的身体
漫溯湖面开出美丽的花　苦是莲子

他断然折了这份念想
却发现还连着丝

江南的冬天

我总觉得，江南的冬天
像极了一场蓄谋已久的爱情

先是秋风吹熟了五谷
又降霜露熬红整片枫林

慢慢地，它的风儿就寒了。你会感到
它的袖子里藏着刀

它削却了你的热情，削裂了
你的脸颊、嘴唇。又刺向你的心

让你生疼。它又学着一个早餐店"刀削面"
师傅，为你削一碗暖暖的"阳春白雪"

带着父母去看荷

母亲说，她的名字里带着一个"荷"
她的生日也在六月
在十里荷塘，她看到满池怒放的荷花
——我能读出她眼里燃起一把火
这把火烧着我的父亲

瞧，他站在那里。在一池
的荷花之下；在涟涟的水叶之间
七十多岁的老头，佝偻的身板
脸上竟是当年的模样
在他的顶上荡漾着一朵最美最美的红霞

秋天的高粱

旷野上　一棵高粱红了
旷野上　一百棵高粱喝醉了
旷野上　十万棵高粱被截头了

它们呆呆地立着——
秋风吹拂着枯枝蔓叶　"沙沙"地
作响

十万根秸秆齐刷刷地挺直腰杆
向天空　索要
头颅

花　事

我又爱了你一遍
由外到内　由一朵花瓣到另一朵花瓣

我再爱了你一遍
从清晨到黑夜　从一个春天到另一个春天

我想再爱你一遍
在你还没有凋谢　在你还不拒绝春色时

我还想再再爱你一遍
当你的花瓣飘落　你的花蕊闭合

蜜　蜂

我来这里　闻到你的香
看到你的美
然后　尝到你的甜

你终将闭合　但这不是我纠结的
那一簇簇的花　转瞬在春风里消逝

他们说我不专一
他们叫我"采花贼"

春光无限　我无暇风景
忘了向那些盗我蜜的人们坦白

偶　遇

隔着车窗，我认出了他
听说他 39 岁成婚，40 岁得子，老婆是外地的
他年轻时候弹吉他
做音响、话筒、电源，甚至
还作词作曲……
爱情像歌声一样无处不在。那时，我崇拜得很
觉得生活
应该是这样的。可今天偶遇
他穿着脏旧的工作服，他一脸憔悴
带着风尘回家，他骑着电驴从我车前经过
似乎没有看到我
目光直直的——
似乎从来不认识我
那一闪而过
的匆匆。似乎我也从来不认识他

蚂　蚁

给了我力量，却没有给我庞大的身躯
给了我翻墙遁土的能力，却没有给我穿越时空的神话

你的城还很远，很远

我隐忍世间的苦痛喂养内心的巨兽
只为某一天
与你相遇

冬日里的咖啡

外面阳光灿烂
我把自己的整整一个中午　又献给了这个
女子
在网络上
我们聊起爱情

她说她看上了一个新包
她说 iPhone11 又升级换代了
她还告诉我　一个女人有一柜的衣服
也是不够穿的
……

我好像都在微笑
我好像都在点头
静静地
蓝屏上跳出一个笑脸　一杯暖暖的
冬日里的咖啡

冬 日

多好，
我踩下去的一脚，还能触到你的疼。
暖阳下，两个影子
在荡漾——

一个是你。一个是他心里的你

河 流

我看到她一头黑发
浓密得像天上的一团云。
它垂下来，
有波浪形的烫卷，
自然、舒畅
仿佛一条河流。
她穿着一件灰色的风衣
披着一块红褐色的围巾
握笔的手指
纤盈、细滑。
我没有看清她转过去的脸
却分明闻到一股河流奔腾的气息。

核 桃

你叫我一声"亲爱的"
我就脱掉外壳 腐蚀我的肉身

你再叫我一声"亲爱的"
我就碎开胸脯 供出我的灵魂

好吧 我希望你"亲爱的""亲爱的"不停地叫
这样我也好死得痛快点

刀 客

我见过三种人
带刀的　藏起刀的　和
不用刀的

我膜拜过他们的神
这个神
总是让他们中

带刀的不用刀　藏刀的
亮出刀　让不用刀的有一种
想拿起刀的冲动

致 友

曾经我们追求那些姑娘

可惜爱情都已老去

我在想友情　在想我们都老了

走不动了

我们还能坐在一起　喝一盏茶

下一局棋

或许在路边　或许在街角

或许在彼此的墓地

我都愿静静听你讲那个年轻的你

热血的你　卑微的你

再抽一根烟　点一把火

吞一口烈的酒

这人世间　哪还有我们糟心的事

在龙山

公园里　有亭有榭　有池
有铭文碑刻　还有堆砌起来的一层层的石块
池中暗伏水草
春游的孩子一簇一簇的　是花海中的精灵
他们兴奋地追跑
春光荡漾在脸上——
这是否也曾是我的童年
而整个午后　我都一个人坐在长椅上
静默得仿佛是园子里的雕塑
突然间明白
人就是一下子老的　一下子死
就如同停息在我脚踝上这只春天的小甲虫
它的断翅　或者夭折
全在一念之间

老 屋

长长的木橹靠在大门背后
沉默地
立成一个经年的古董
陪伴父亲半生的那条水泥大船　在去年的
暴雨期　突然沉睡湖底
它已不需要醒来——
就像故乡的许多人

父亲从阁楼端下了一些旧时的竹椅
他用一块软毛巾　挽着春水
轻轻地拂拭
那些
落满尘埃的记忆

沈 园

我走进你　是人攘人熙的中午
一群人赶着去　一群人正兴兴来
他们戴着各地旅行社的帽子
有挎着包　支着相机　到处随拍的
有携着情侣钻柳下的　春光浮动他们
年轻的脸
有围成一簇一簇地听着导游们重述你们故事的
一不小心仿佛春风折了枝
仿佛天空暗了一层
铃铛在风中哑口
廊庑上那一排排密密匝匝的爱情许愿牌
在时光里定格
在沈园　我没有看到一只鸟飞过

油菜花

我相信

你不会注意一株油菜花

因为它是　那么普通

那么沉默

可当你看到那大片大片的油菜花

我相信你一定会动容

它们开在田野里　土坡上　沟壑边

站在房前屋后　攀上瓦砾废墟

它们簇拥着　它们手牵手　它们唱着歌

它们惊心动魄　浩浩荡荡

当夕阳的余晖洒在这金灿灿的油菜花上

你会感到　你徜徉在花的海洋

当春风浮动　花香四溢

满城黄金

而此时　你一定还能闻到藏在花里的

清新的泥土芬芳

桃 花

看你时

正是草长莺飞的三月

阳光柔柔　人面相依

仿佛步入一个繁华的宋都

热闹的市集　林豹头在菜园喝酒　娘子在家纺纱

宋衙子寻花

所到处　天色黯然

让我不能想起　这是在昨日还是来生

你的美

是我撼动不了的清愁

就像站在这沃州　满目的桃源

春风一度

万枝攒动　来烧灼我的今世

映山红

没有牡丹的妖娆　没有芍药的
丰姿　在山与水的世界
她娇嫩的脸颊浸透着生命的
血色　她纤弱的肢体承载着岁月的
寂寞和冰雪的沧桑
呵　映山红
在巧英　你是四月的天神
当东风吹起
漫山遍野是你攒动的心愁　千山万壑是
你点赞的热情
在那片燃烧的山头　我听到
石头也在唱歌

画　眉

在雨季，在热带的丛林

在寂静的清晨、晌午，太阳落下去的傍晚。还有不眠的夜

青春、饥饿、幻想、梦……

它的声音好听。它唱歌教人

忘不了

它酣睡的舞姿优美。它有迷人的翅膀和音域

它爱美。它画上一圈白色的眉

它让我触碰童年的模样

有时，我们很近。我一伸手

就可以抓住它

有时，我们遥远。仿佛

在梦境

有时，它把我看作一只鸟：或者是一只

麻雀，或许是一头猎鹰

有时，它把我看作一枚柿子，成熟的柿子

只啄食我的柔软，不知道我还有的坚硬

这样的一天

我是看着这样一天的
上午开不出太阳
下午也没有　也没有狂扫的风雨
它只是沉着脸
沉一天的脸　沉着沉着落下了
几行泪
地总是湿的
空气中还有一丝丝的冷
我这样看着它
慢慢地被暮色收拢
当浓浓的黑夜吞噬它的时候
它也没有挣扎
只是
我可以听到一些喧嚣
路上　那一辆辆疾驰的夜行车
溅起的水声
"撕啦啦……"地响
仿佛正揭开着大地的伤疤

清　明

隔壁的一个老太太去世了
走的时候，正是清明。
女儿说，竟不知道住着这样一位
瘸腿的老邻居

丧事办了三天三夜
请厨、搭台、唱戏、花圈、挽联、做道场……
稀稀拉拉的几声哭。还有来来往往的
车子和不断赶来的亲人

此时，老太太躺在自家的门庭
白幔遮体，冰凉的尸骨
但她一定是安详的
这身后事，被儿女们安排得胜过她结婚时

雨夜蛙鸣

雨夜
我听到窗外的蛙鸣
这些年　我一直没有仔细听过蛙鸣
这春天里的小夜曲啊
原来不是连绵不绝的　也不是
一浪高过一浪的
它们是一段一段的
仿佛在咳嗽　在呜咽
它们已经很少发言了
它们也没有更多的时间去浪漫　去爱恋

有一个蛙鸣好像很响
很持久
可马上就被一辆辆疾驰的汽车声淹没了
不知道涵洞下它的那位姑娘
是否会听到

时间的旅人

时间碾成碎片，是流逝在手里

的尘埃

是我穿越在 14 世纪的巴黎。马车、蜡烛、葡萄酒、

火焰……

黑面包是主食

每一个吉卜赛女郎都有两张脸

她们染成金色的秀发，用修长的双腿

跳起舞蹈。蛇

一样唱歌

蹿过石墙。我撞到一辆大篷车，赶车的是一个老女巫

有黑黑牙，老鹰似的眼睛能勾心，她的宝盒里藏着三块石头

她打量我这个异乡人，给我占卜

那卜相上说着我的未来

但她不告诉我

她黑色的披肩上火红的鹦鹉

直直盯着我。仿佛

似曾相识

人间二月天

你就在我身边　像春风唤醒万物
我相信大地有自己的温度
它不冰冷
而冬雪秋霜只不过是一片
温柔的推辞

人间二月天　人们享受在红红的节日欢乐中
而冬阳掀开你的衣襟
这拂面的暖风呀
已经让我触到了春天
就在我心里　还要经历二月的雪
三月的寒

春 天

玉兰花谢了
怀揣枝头的已是嫩绿的新叶
它们在阳光下挤着黄绿的眉眼　在东风
里点赞　远处
油菜花还处在花期
一大片一大片的簇拥　灿烂如云　浮动着
尘世间的繁华
银杏　我遗落的新娘
她舒展着纤枝
她的乳晕点开新芽
仿佛　在前世的梦里轻轻苏醒

春天里的一场疾雨

仿佛来了几个屠夫
太阳很容易被绑架
云不是一片云
是黑压压　一层层的巫师
要把天砸下来

看　枝上的花儿失了魂
听　路边的小草在尖叫
豆大的雨点飞下来
夹带着风　像一群群白鼠袭过屋顶　穿过廊檐
钻进你还来不及关上的心房

闪电了　打雷了
听　好像撞上了某个人
好像撕破了某一处　天空的衣角
看　天就亮了　风也停了
雨也小了

春 日

推开阴霾　三月的阳光像一个长大的孩子
终于　不再羞涩　不再躲藏
跃上蓝天　追逐白云

廊前的花圃　过了一季的冬青
已经长出新芽　蹿出半指高
一排坚硬的水泥方柱斜影插入廊间

一幅久违的画框　黑白分明
其实　还装着游离的轻风　细碎的日影
和着我　轻盈的脚步

春　雪

一场纷纷扬扬的恋爱

终于撒下

洁白的　温柔的　悱恻的　潮湿的　寒冷的

来不及体会细细的甜蜜

这晶莹的雪呀

已被早春的初阳蒸融

暖阳下

朝南的屋面还淌着昨夜相遇的泪珠

而西口　檐角和廊前的阴处

结着你丝丝的冰骨

早 安

早安，春天里的一片落叶
早安，禾田草叶尖的一滴露珠
我的牛奶、饼干还有甜心

早安，童年的风车，飞旋的木马
早安，清晨麻雀叫醒的春天
还有灿烂的朝霞和每一个明媚的明天

早安，湿润的土壤，清新的风。我的
蚯蚓姐姐，我的蚂蚁兄弟
早安，我夜晚的女王。

星　星

多好，我还未老
时间沉下去，还可以想念

落满星辰的夜晚。不是寂寞的夜晚
有夏虫的鸣叫，有轻风弹起
的荡漾。还有
让我去爱慕更多的星星

多好。星星总是一颗比一颗明亮
一颗比一颗会眨眼，会说话

她们静静地挂在夜空
都一样被我爱
都一样像你的脸
都一样离我遥远

橱窗里的男子

隔着一层玻璃
你在那头　我在这头
我就近在你面前
感知你的呼吸
聆听你的无声乐章

隔着一扇橱窗
我在里头，你在外头
你就显在我面前
窥视着我的寂寞
演绎着你的黑色幽默

呵，橱窗里的男子
你的眉宇深锁
是否锁着曾经的哀伤
你摆着脑袋　鼓着腮帮
动情地吹奏
是为了抛却烦恼
还是为了怀念这些忧伤

呵，这忧郁的萨克斯管
这散漫的舞步

这首无声的心曲
隔着这块明净的玻璃窗
还有我在心底跟着你默默地和

红 枫

你怎么
怎么那么柔媚
舒展出慵懒的四肢
在微风中轻盈摇曳

你怎么
怎么那么娇艳
迎着朝露　沐着晚风
点缀出一树的新芽

你怎么
怎么又那么痴狂
东风刚刚唤醒大地
热情的你
早就红叶一身

雨　中

雨是大地的情人
它们相聚　离别　离别　相聚
雨季是它们缠绵的蜜月
你看到了吗
一颗颗晶莹的雨滴　飞着
久旱重逢的喜悦
冲下来
拥吻着大地
带着一些裂碎的"疼"

而那些汇聚在一起的雨水啊
是淌不尽的眼泪　它们在雨中荡漾
仄仄平平　平平仄仄
掩映着昔日的光辉

今夜，我和我的诗歌谈情

我和我的诗歌谈情，无形
却如风一样凛冽，无声
却如雷一样惊鸣
今夜，月圆，我醒在一个梦里

月下，我找不到一个词去修饰
你的容颜，你的青春
你的芬芳，还有你
由年轻到苍老，靠在冬日的火炉像一个细唠爱情逝去的女人
——我的女人

今夜，月是我的信使，一朵
思念的花开始攀藤。在我的窗格里，我的诗歌
在最深处轻轻滋生

今夜，我和我的诗歌谈情，不需要
用一个词去形容、去修饰、去伪装；不需要朝阳，也不需要雨露
我和我诗歌谈情
和风月无关，和岁月无关，和你
无关
梦里，那不离不弃、不眠不休的纠缠，其实早已注定
这是一场旷世经久的恋歌

白 露

今夜白露 秋
入凉
一条小河绕着村庄
在黑夜里躺下 没有沉睡
秋虫栖息在水槽边
吟唱
鱼儿在水底争吵

今夜无星 也
无月
一盏渔火穿透黑夜
在我的眸里 不会熄灭
秋凉的哀愁却在我的心里
住下
鱼儿在水中沉默

路 总是在脚下
延绵
停下或者前进
都是我必须的方向
今夜凝露 黑夜中我和自己
对话
鱼儿在水面聆听

七夕前夜

那缀满星的夜空
被远处欲望城市的霓虹占领

我倾尽所能搭建鹊桥
在七夕的前夜　跨过银河

彼岸却不见我的织女
莫非她正在飞赶的路上

女郎，美

呵，女郎
夕阳之下
又见到你粉唇红霞
那一对凤眼　秋水盈盼
那一个嘴角　辇不尽多少风华韶年

呵，女郎
你的美
不是残阳收敛后的夕暮黄昏
只隐我
梦一般的迷醉

呵，女郎
你的美
坠入我万劫不复的深渊
一个明月
高悬，一个相思无眠

万马渡

我要翻越过多少山岭
才能到达你温柔的腹地

我要攀爬过多少巨石
才能触碰你深处的甜蜜

在这个旱季
上天都欠着我们一场生不能相逢的雨

这样　我才能酣听你
梦里的呼吸
与你
共赴一场策马奔腾的誓约

秋　虫

多好。今夜温柔，这一丝一丝的凉风拂过，轻轻
褪去暗夜的黑色

远处是工地上的星火。再远处是不眠的城市
窗外，草丛中传来秋虫的鸣叫

它们的叫声那么长，那么急，仿佛怕一些事物听不到
仿佛担心晚霞不落家

它们小小的身躯发着光！它们永不知疲倦！它们唱响
整个黑暗的夜！我断定这一点都不像我

在日铸岭

—— 给赵构

可以再慢一些
再缓一些
突然停住时光的脚步

可以再轻一点
再近一点
甚至退到八百年前的宋都

这萍水的相逢
这苔藓遍布的驿道，这扶摇直上的云梯
你我，也是布衣

今日，在这竹海深处
在下马桥，在议事坪，我们不谈国事
不谈前史，不谈追兵

我只想问，宋太祖的遗训：
一经，一拳，一斧，一酒
你可曾记得

渴

好久没有下雨了
天空阴冷着　一直阴冷着

没有风　流水软绵绵的
溪石也在沉默

草木张开嘴　一直张开嘴
仿佛是一种疑惑：

怎么还不下雨
我已经等了好久

暖 冬

还会下雪吗？
这个冬天
当懒懒的暖阳斜斜地滑过廊沿的时候
拐角处
我迎面被一股暖流击中

心就灿了一下
石廊下的花圃　冬茶开着红红的花蕾
而远方的天空和群山
正朗朗眉目
几缕白云　悠闲攀谈

我忘了这是一个冬天
我忘了冬天里还会下雪
就像　在我的生命里还有你
而你不该来
我从来不曾拥有你

像蝶一样飞舞

像那只黑蝶一样飞舞
在这个夏末
花儿都已经凋零
却依旧在凌乱中——
苦苦追寻

像那只黑蝶一样飞舞
钻进清幽的林间
循着一片叶的绿意
飞舞——
去探寻那朵梦中的百合

生命虽然短暂
却也经历那蜕变的苦痛
我的羽翼不是向往蓝天
而是为了在那个花季
——与你重逢

镖

我用枪，更习惯用镖
远作流云、闪电，近作匕首
此镖，见血封喉

你不会知道我何时出手，你也不会
知道这镖将飞向何处

这人世间用毒的人太多
有人涂上鹤顶红，有人涂上蜂蜜
涂上嫉妒、名利、流言……

有人不用枪，也不用镖
你仅仅
看了她一眼
此毒，至今无解

桃　花

像是积蓄着一场重病
我的体内
开满桃花
一朵向阳　一朵沾露
一朵在春风里笑　一朵在冷雨里
料峭……

所幸　过了三月
它们都将凋零

眺　望

我一直眺望
远方　向更远的远方——

远方　翻过山丘
还是山　涉过深水还是水

我驾上一朵白云
极目白云的深处　依旧是
一片白云

春风吹遍

有时候　你很近

我可以触摸你的肌肤　倾听

你的心跳

有时候　你遥远

仿佛一幅画

仿佛在永恒　在两个世界的极端

你来时　杨柳依依　群山苏醒　你给大地

裁剪新衣　你叫开冰冻的河流

你是东风呵

夜里携雨　清晨含露

你走过的山丘

吹开金色的油菜　粉红的桃花　洁白的梨花

当三月的阳光透过我的身体

你可知

我是一棵树啊　立在这里

感知

你抚过我的每一寸呼吸

下午四点

下午四点　雨停了
三月的斜阳从后窗台穿透进来

办公室里　洁白的墙　洁白的顶
洁白的纸

白炽灯好像暗了一层
心亮了起来

小 草

也许　我就是

一株小草

守着寸土　春去秋来

自枯自荣

去你的城很远　很远

梦想是蒲公英的模样

在成熟的季节

有分身术

风起的时候　有一瓣思念刚好

降落你的心房

我的野鹿

我丢失一只野鹿
它有朝霞阳光的身躯　彩虹
迷梦的颈脖
它的双耳竖立　美目盼兮

我丢了这只野鹿
它遗落在南非大草原的旱季

它在河岸啜饮
忘了那对黑河里的饿眼

冬日的阳光

冬雨过后的天空被掀开一道口子
阳光泄漏了出来

人们都高兴了　心也暖了
可这阳光啊
蟹爪一样　张开又收紧
薄薄的

空气中还残留着它从湖底横爬出来的
湿漉漉的汗珠

在冬天怀念一只燕子

燕子　在这个冬天　我怀念你
想到你的轻盈　你的伶俐　你脆丽的声音
你黑色的燕羽裁剪过的
我们的天空

燕子　你是否也一样怀念那个春天
河岸桃红柳绿　洁白的梨花徜徉在春风里
粗壮的麦苗在垄上拔穗　祝福
我们的爱情

燕子　你已经飞离了我很久很久
你在南方可好吗　那里一定是温暖的季节
你是否也会遇上他（她）
而我这里的冬天　漫长又寒冷

冬日的某天

此时　我想燃一根烟

用你的寂寞

搓成烟丝　用我的狂躁

点燃星火

"吱吱"吞吐的是冬日里雾霾的天空

而阳光

碎碎斑驳　就是掉落的

燃烧后的灰烬

四　月

四月是一只猫
它们白天打盹　睡觉　睡觉　打盹
夜晚是它们的天堂
你可以听到它们在叫　在跳　在笑
它们的眼睛炯炯　聚放着白天里的光
它们的身影轻盈
像长着翅膀　又仿佛怕惊扰到月光
它们蹿上墙头　三三两两的
吻着一朵
火红火红的花

苏镇巫女

她们和猫一样叫和跳

她们像乌鸦一样飞　有乌鸦一样的

黑深的眼睛　她们能在天花板上

倒挂行走

她们优雅　性感

她们憎恨男人　爱情和眼泪

她们烹炒着权利的钥匙　她们贪食着蟾蜍的毒汁

她们是女巫

她们相信上帝先创造了女人　而后才有了男人

而天堂就在地狱之下

她们收集

人类所有的幸福　苦痛和谎言

她们呼唤巫母　诞下逆天的圣童

她们聚集在一个叫

苏加拉穆尔迪的小镇　那里

藏着不死的灵魂　巫术和毒咒　那里

时刻欢迎着

被幸福冲昏脑袋的人们

致 云

我知道你是水做的
你从大海深处来
升腾在天空
飘来飘去　悠闲地游

而我又知道
终有一天
你又将化成水
汇投到大海深处

雨　是你的泪
可我不知道
当你落泪的时候
那是因为相聚还是离别

西湖看雪

我希望一场雪
才不惧一次一次的冰寒

江南的雪俏隐在梅尖
舞在沉默的西子湖

压在苏堤、白堤之上　把西湖
切分一瓣一瓣

在断桥看雪
我的情事锁在雷峰塔

听 风

远方

我可以眺望到海

再远方

我可以想象你的英姿　在我梦里的

模样

你吹过的三月的风

凛冽　寒战

在我温暖的起伏的山岭回荡

在海滨的夏夜

在海边　我喜欢听大海的呼唤
看海浪
在远处呼啸而来
一浪涌过一浪
一次又一次撞击着岸边的礁石

在夏夜　我喜欢数着天上的星星
用我的祈盼
那么耀眼的光芒
一闪亮过一闪
一颗又一颗在我的夜空闪耀

稻草人

旷野上的风暴已经走远
掏空的心已经掏空
那经久的稻草人依然
驻守在麦田之上

麦子黄了一茬又一茬
村庄里的人走了一车又回一车
稻草人在风中衰老
谁可记得他曾经的青春和梦想

月夜下腐蚀的是最温柔的伤口
一棵麦秸打成的心
其实还真的受用
长一千年都不消半生情

嗨，冬天

冬天来了　冷冷的风拉紧
我的骨骼
让我在这个季节
忧伤而疼痛

在我骨子里深埋的伤感
就像
这片落叶林
地上早就铺满了陈年的尸骨

踩着这堆碎骨前行　就像拆着我的骨骼
那"簌簌"的声音
——响亮
刺耳

给曹操

允许你负我。安做你身前的一名小卒
我挥舞大刀，梦里砍出一朝的英雄。荆州得而复失

宝刀你不爱，宝马你不惜，三千宫女你不屑
而独好别人之妻，独喜别人之将。天下是你的，天子是你的
九千里江山，谁与你知音？

官渡长你霸气，赤壁挫你骄横。你有观心术
你识五面侯。你不占卦，不问天，不向命……

你可以弃袍，你可以割须，你可以临阵脱逃
你生性多疑却心怀大志，我抵御你百万的兵甲
敌不了你温柔的一刀

给刘备

驻下邳还是入荆州？ ——你说了算
取汉川逐中原也是由你说了算

不与你比大耳，不与你比胆识，更不与你比
仁义。只允许你杀我——

你恨你自己呀！心怀天下，却无立身之所
兄弟们都跟着你来，兄弟们也先你而去

拔城攻寨，弓马刀剑，英雄流血不流泪
五千里江山都归汉土

今夜，蜀中晓风残月。那一定是你在途中
一声长长的轻叹——

大　海

它是不会平静的。尽管它拥有蓝天般的蓝
黑夜般的辽阔

它有贝类、鱼虾、海兽、森林、高山
峡谷……但这不够

它渴望牵手朝起的云霞，夜落的星辰
梦想着簇月而眠

它涌动着欲望之流，咆哮起黑色的风暴
吞没着它的吞没

在十万里海岸线上，一次一次撞击黑暗岩石
咀嚼一地又一地白色的碎沫

黄 昏

黄昏早已等候。太阳就是
它暮归的儿子

此时，它慢慢收敛最后一道光芒
晚霞褪去了衣裳

它是从容的。而那些躁动的浮云
在暮色中
就像一群群被驯服的黑绵羊

晚风之下，我听到羊儿"咩咩"
我看到它饮下最后一丝微笑

生　日

亲　我在 6 点起床
6 点半做好早餐
7 点送女儿上学
到单位 7 点 50 分

亲　中午我可以休息一下
发呆或者打盹
下午 1 点上班　批改堆积的作业
4 点下班
4 点半　我跑步 30 分钟
在操场或者回家的跑步机上
晚餐　你会替我们准备好
晚上　我辅导完女儿作业　还要上网
查资料　写诗

亲　我能陪你聊天的
只有 10 分钟了　或者你已经在梦乡
亲　这一天
也没有什么不一样

涂　鸦

我喜欢涂画。在一张白纸上
大写，画圈，泼墨
重色的油彩是我灵魂的第三只
眼

我喜欢思考。在岁月的蜀道中
重塑，造型，削减
轻挑的笔尖是我操戈的另一把
刀

胡卜古村①

走在胡卜　这个

即将消逝　即将沉埋湖底的古村

我的血液里流淌着它的

魂灵

空败的院落　残次的木椽

垒起的整齐的石壁　在秋阳里

倾诉着 1600 年的光阴

水磨的豆腐店　硕石的水井台

临街的当铺　栉比的廊柱　南北的车马辙印

依稀有古道当年的繁华

而今　宗祠庙宇　牌坊楼阁

已是龙王爷纸上的城寨

那一山一树　又是他即将迎娶的嫔妃

她们静静地

等待着　"生"

或者"死"

---

① 位于绍兴市新昌县一处古村，当地筑大型水库，全村搬迁。

一只梁上的猫

一只猫

跳上梁

它弓起背　耸着粗尾巴

月亮下　像一个绅士

它在叫

一声接一声

它遇上了另一只猫　戴着蝴蝶结的猫

仿佛怕它听不到

仿佛怕它听不懂

它的叫声更急更清澈了

一声响一声

我真担心它突然就蹦出一句人话来

比如说：——我爱你！

割麦子的人

割麦子的人都俯着身子
他们手上握着镰刀

刀背黑厚　刀刃锃亮
收割者必须低着头

他们咬住群山
麦芒的伤痛刺入肌肤和骨骼

烈日下　风儿拂过的山冈
摇曳着那片汹涌的海

蝙 蝠

晚上，一家人坐在客厅看电视
一只蝙蝠飞进屋子里
它像一团暗影。从楼上
飘浮到楼下，也从
楼下游离到楼上。我不知道它
是从哪里钻进来的。仿佛是我骨子里飘忽的
一息
——它在寻找着一个出口

女儿尖叫："啊！吸血鬼。"
老婆起身说："得给它开一扇窗。"

五月的风

五月，从午后的一个梦里醒来。
轻风拂动着窗纱，
我听到遥远的声音：
捶打着金属般的清脆，
机器的轰鸣，
还有更多，更多纷攘而来的喧嚣，
而时间就是
永不停滞的车轴。

窗外，我还可以听到一两声鸟鸣，
生锈的铁栅栏上，
那一墙的月季正在燃烧，
告诉我，这还是一个春天。

蟠龙山居

森林，河流，土井，都是
我的粮食
桑园，荷塘，菜畦，竹林，都是
我的早课。在蟠龙
山顶
我能倾听千年的涛声

立于山丘，远山之外还是
远山。在蟠龙山居我与石头结下
兄弟
我要用锄头生活，在黎明前
种下诗歌

今天很怪

今天的天空有些怪
西边暗　东边亮
那昏沉的一面也没有雨滴　而明丽的
一面是那人的眉眼

今天的心情也有些怪
一半蓝　一半紫
蓝是生命呼吸的蓝　紫是童年
梦幻的紫

今天水中的·条鱼更怪
一大早就出来冒泡
它打湿我的衣袖　对我说
你吃草

孔　雀

在百鸟乐园，笼子里的鸟都在沉默
它开屏了
在游人的怂恿下

它开屏了，弯下脖颈，打开骨节，撑起
彩色的羽翎
遮住了身后的栅栏

它开屏了，转动身子向四周展示
风，挟着惊叹声
从翎羽的间隙徐徐滑过

小 院

先开出白玉兰的眼，再描上
桃花红的脸
小院，就跌进了整个春天

东风吹拂，扇动
那一树烧红的枫叶
看啊
那一墙在雨中燃烧的火焰

杜鹃是紫色的。蔷薇却攀上墙头笑
看有没有人
会把它摘下，当作
玫瑰送给他们路遇的旧情人

蝴蝶梦

褪下美丽的羽翼　它希望可以再

重回一只毛毛虫

胖胖的身体　细细的眼珠

在阳光下

充盈着希冀和梦想

即使

它知道仰望蓝天的时候

长出翅膀　也飞不上那朵云霄

火　车

我喜欢火车　这个庞然大物
披着黑袍　挂着浓烟
听老人们说
火车一响　黄金万两

我喜欢火车　喜欢它默默地
行走
用它黑黑的铁轮　死死地钳着它的
铁轨　走下去　走下去

现在的火车　描白了脸
换了名儿　干净得不再冒烟
跑着　跑着
就担心它有出轨的冲动

雨中的石榴花

雨水知性，顺着车窗
淌下
眼睛朝上
只是为了挡住某些东西的坠落
五月，芳菲殆尽。而你纤细的瘦骨
又岂能挑出
十万里的江山

我担心你爱得太过火艳
可这一层细雨呀
却让你在绿野中，被浇灌得更加
妖娆

端 午

那时，我不知道这一天
只记得蝉已经叫了，垄上的蚕豆、黄瓜就被我们偷吃

那时，我不清楚艾草、菖蒲之类
只看到那天，家家户户门把上都会插上一些

那时，我不明白屈原，也不关心白娘子许仙那般的传奇
更不识五黄。被绿皮裹起的粽子只过年时才有的吃

那时，他下酒的茴香豆都是我的。我从来吃不够
也不会犯错，错的都是哥哥姐姐，还有隔壁的阿狗、三眼

那时，他有一根老树枝的拐杖，我还是一根小拐杖
那时还有一条"泥鳅"死心塌地跟着我……

再也听不到那时的蝉鸣。绿幔下爷爷摇着蒲扇，哼着小曲
水田那头一只小蛇"嗞嗞"地吐着信儿

碎　片

放学铃声响起

铛、铛、铛——这最后的三声就

像生命的晚钟

被敲醒，被拉长

我听到了孩子们涌出教室的欢呼声……

校园

又恢复安静。

办公室里。顶上那台旧吊扇还在"吱吱"工作

对于这个清夏，它的温度正

和我一致

我向朋友的 QQ 发起："又一天过去了"

许久

朋友回复："浪费光阴"

然后，头像又是浅浅的灰色

仿佛早已失联

即 使

风儿对白云说：
我爱你——
即使电闪雷鸣　天空呜咽
即使你不再单纯

叶儿对大树说：
我爱你——
即使秋霜白露　风欺雪压
即使你咬断牵连

鱼儿对大海说：
我爱你——
即使你看不到　在汹涌暗潮的背面
我的眼里噙满泪

巧英水库

我知道　先前的村落就沉在了你的眼底
才有一条盐邦古道
从你的腹腰盘绕而上　在偃王亭
是谁曾在这里眺望江山
思念故土
而今君人已逝　留下望族的眼泪
我喊一声　巧英
万顷的竹园点点　浮动一片绿的海洋
我站在偃王亭　俯瞰
巧英如水的
骨骼映衬着蓝天和白云　雨后的
山水更是迷离
岚生半腰　滋生妩媚
巧英　一面揽怀莒根　一面笑隐仙境

老婆如是说

灯光照亮我们的小屋
我在看书，老婆坐在旁边打毛衣

话儿开始织出来
老婆如是说：

学钢琴的毛老师真厉害，在市区都买了两套房了
——我在听，我没在听

我要也是一个老师，我也赚外快至少买一套大房子
——我不答

邻居家的小孩身体真结实，以后一定是个有福人
人啊，还是身体最重要……

——我笑了
开始起身，她为我试衣

生　长

春天　一切都在生长

你眼里的天使　和心里的
恶魔　还有
眼里的恶魔和你心里的天使

有时　恶魔狞笑　天使折翼
有时　天使微笑　恶魔隐匿

我紧跟着我的天使
我也豢养着我的恶魔

鼓浪屿

那个夏天，我和她相遇
并没有传说中的惊艳和喜悦
一个小岛，房子挨着房子，人挤着人，到处散发着
海峡的风也吹不走的暑热。我怀疑
我来的不是时候
而海面上的快艇，就像一把把的刀
划着鼓浪屿的伤。
在岛上，没有我立足的地方，也没有我发呆的角落
许多的背包客、异乡人、学子，还有披着黑发穿着黑裙的少
　女的背影
椰子解不了暑渴，首饰店里没有我要的海盗扣
临街的画铺也寻不到公主的画像
只听到远处海浪拍打着黑礁石
让我想起渡口那个扁脑袋的流浪艺人
他弹着吉他唱着歌
他的脸上带着一种我猜不出的笑

犀 牛

小眼　粗鼻

巨角

笨拙的身体　厚实的铠甲

谁可知　月亮下

他绵如蚕丝的

温柔

——循着你的气息

它从遥远的地方赶来　在南非

大草原的旱季

追逐你　是爱你的一部分

离开　相聚　恨你

或者

被你抛弃

都是爱你的一部分

迷离的雨季

在迷离的雨季
我多想撩开
那道润如蛛丝的雨帘
看到你出现
宛如一朵洁白清濯的水莲
你可聆听我的低语
你可触碰我的相思

在迷离的夜晚
我多想撩开
那道薄如蝉翼的外衣
触到你那温润如玉的气质
倾听你缠绵的呢喃
你可看到我的惊喜
你可捕获我游离的心

唇 香

在雨中
我闻到了一抹茉莉的清香
那缕幽幽的香啊——
带着微润的雨丝
宛如你的清纯恬静

在雨中
让我再来嗅　那一缕
夏日里的清香——
是我的指尖
滑过你优柔的脸庞
沾染了你最后一丝的唇香

喝　酒

睡前
习惯喝点酒，高兴时喝一点
不高兴也喝
红的，白的
都好。有菜，无菜
亦可
倒不是因为贪杯
我不好酒。庆幸自己还不是个酒鬼
饮不尽这人间风露
一杯微醺
三两就倒
脸颊微烫，血液脉涌
脑袋昏昏沉沉
仿佛是一剂生活的良药

寻水的鱼

夜色迷离
音乐轻柔
塘里的鱼儿走在岸上一起寻水

柳色婆娑
月影轻柔
塘上相爱的人儿　是那么美

看　前面清澈而惊惶的眼眸里
同样有你我顾盼的秋水

天亮了　擦干我们的眼睛
真奇妙呀
为什么　我的眼里也
流你的泪

村　庄

我喜欢的村庄
总留着一些印记——

比如说，让河流停住
让霞光披上一层金纱

大道上，人们出行的细影穿梭在
静默的树影之间

而远处，富得冒油的油菜花正
撕开口子，捕获春风

像一阵风

我知道，你不会想我
就像那缕轻风
拂过了我的脸庞
拂过我的记忆
晃眼
我已经不知它的去踪
也许在哪片林梢
也许去了哪朵云彩

我知道，你不会爱我
我不是你少女梦里的那个王子
也不是你在现实
疲惫生活中的英雄理想
我伫立这里
想象自己是一阵风
忽然
就能轻抚你的脸庞
捕获你的气息
看着你微笑
然后，又吹向那片林梢
冲上那朵云彩

一 米

暖冬　阳光泻进屋子
离我的书桌　一米

夜晚　皓月溜进窗台
离我的木榻　一米

梦里　你沉睡的温柔
离我的温柔　一米

有一阵风吹过

有一阵风吹过
地上的小草摇摆了一下

有一阵风吹过
那片修竹林压低了一下

有一阵风吹过
百年的银杏　身上的银叶
也灿了一下

一把木梳

那年，我是一棵开满花的树
等你。在那个春天
你却盘素青发坐上异人的花轿
远嫁他乡

我被一个木匠看中
把我磨制成了千百把木梳
那把把木梳都带着
我的木魂
在异乡寻你

绝望，枯死
枯死，绝望
直到一次偶然，在市集，我的尸骨被你的
一双温润的手唤醒——
我终于找到了你

让我轻抚你的秀发吧
那一丝一缕都牵着我的思念，牵萦我花开少年的梦想
让我贴着你的额头亲吻你的青丝吧
直到衰老，熬成了你满头斑白的霜发

孤灯下，看我依旧是那么轻柔，抚慰你岁月经久的
痛处

如果，爱

我和我告别
我把我丢在旷野
我让风吹得风找不着方向
　　如果爱情
　　　　总会有人先撤退

今晚的琴声　呜咽
是谁在心里落泪

你和我告别
你把我丢在旷野
你让风吹得我找不着方向
　　如果爱情
　　　　总会有一个人心碎

今晚的琴声　呜咽
是谁在为谁落泪

今夜，当我不想你

今夜，当我不想你
可脸庞的轻风
挽着丁香的清幽
不就是你一缕发丝拂过的飘逸吗

今夜，当我不想你
可窗台的明月
泛着秋眸
不就是你一枚心湖潋滟的顾盼吗

今夜，当我不想你
可河畔的秋虫鸣叫
月柳婆娑
不就是你一袭面纱舞姿的优柔吗

今夜，当我不想你
我要用我的诗，揭开爱
的神秘，当我提笔
笔尖流泻的是，你的音容，你的身姿

洱　海

我百度了洱海
想象着它的蓝和悠远　以及
春色下的潋滟
我探知它的深度　纬度
沐浴　倾听
它月光下的体温

——它应该确实是个很甜美的湖

从这里到洱海
地图上只隔一指之遥
纵是万水千山　我也在
追寻
纵是让它欠下我一个
青春

火　焰

下雨了
天空暗了一下
心头却仿佛亮了一层
那丝丝的雨线里
有你
灿灿的笑容　闪着
一种吉祥的光
看见了吗　五月的石榴花
开得那么旺盛
在雨中
它们奏响一个个铜铃　点燃一柱柱
火焰
是浇不灭的火焰

断　桥

从窗口望出去　就是西湖
在我眼里　更清晰的是那座桥
当年　许仙和白娘子相遇
那么美

就像现在你坐在我的对面
在这个两岸咖啡　晚风拂动窗纱
你的秀发
那么美

而你低头玩弄着手机
我也只能无味地呷着咖啡

对　视

我们的目光对视　你没有躲闪
在那一份平静与坚持中
好吧　我已经心虚

多少次我都是这样认输
我猜想　你一定擅长持久战
即使我有七十二种变术　终有一条尾巴
无处藏身

黑夜是被叫上来的

其实太阳是不想走的。它烧红西天
赤胆于自己的忠诚

可黑夜是被叫上来的。你听，那片
林子里有鸟在叫——

暮色就跌了进来。大地蒙上睡眼
孤独的街灯被唤起

你可以听到蛙鸣，一声蛙鸣就会闪亮
天边的一盏星

当夜空璀璨的时候，草丛中流浪的
王子就在姑娘的阁楼下弹琴

清溪漂流

你摘下两枚小红果　一枚赠我

一枚留自己

古朴的村落　白云掉进水里

热闹整个清溪

鱼儿在水底嬉戏

我只记得　幸福的水儿

扑了你全身

在下王　有流水一样的印记

山风一样的抒情

从"车弄"到"上店"

我要漂下来的魂是英雄的魂

如果可以

我要再选择一次

从上游到下游　沿途只为经过你

温暖的词

想你
就像这场突然的雨
浸湿了地面

眼里有热的东西
是和你的相聚　别离
一遍又一遍的温暖的词

这飘来飘去的雨呵
在风中游离

我倾听
雨滴
都是那些掉落的温暖的词

苹果与虫

我一直记着一个暗语
像是握着一把打开芝麻之门的密匙
那里是你的宝藏
是我的天堂
我久久不去开启——

世人都惊艳于你的美貌，贪恋你的肉身
我喊出的
却是你最深处的黑和疼

失 神

桃花，终是要落的
流水不可逆回

秋风一度，乔木也要卸下戎装
窗外有雨
凉了多少年轻的梦

夜里，点燃一根烟，我们不再悲鸣万物
不言千疮百孔

在来时的路
但愿那一袭星火，温暖
曾经的心

此　时

此时，我更愿意
把你想象成一朵花，静静地
开放
在自己的春天里

此时，没有蝴蝶和蜜蜂的滋扰
此时，你捧出一本书
此时，你一定在书本里翻寻那双
属于你的水晶鞋

此时，正默默注视你的
是你的王子

向　西

走一场说走就走的旅行
一个人　一个背包
向西再向西
借羊肠小道　禄五谷粗粮　参庙宇佛法
施人间苦乐

像当年的唐僧
如果途中　也有四个人与你同伴
他们不是你的徒弟
都是取经的人

冬日的海

我看到海浪一次一次涌上沙滩
又慢慢地退下去

我听到大海的喘息　一声高过一声
一浪盖过一浪

它仿佛永远不会疲惫　仿佛
永远触不到我——

除非我靠近　除非我
追着它的细沫

我追着它的细沫　像是踩着它白色的碎骨

抚

我抚着它　像是抚着你
我抚着你　像是阳光抚着海浪
海浪又抚着沙滩

我在沙滩上写下思念　大海涌起更多的浪
那些残留的碎沫
像极了我黑夜里流过的细小的泪

我抚过你　像是春风抚过万物
像是爱情抚过玫瑰
扎出血　也安抚我的心

黑夜的海

黑夜里
整个大海都在怂恿
整个大海都在谩骂
整个大海都在翻滚　咆哮

好像要把群山淹没
好像要把天空覆盖
好像要把那轮火红火红的落日
重新揪回

而风口的海上
只有海浪疾走在浪尖
只有海浪劈斩着风暴
只有海浪击碎在黑暗里的岩石

一百零八种

我爱了你一百零八遍，比你
多爱一百零八遍

我爱你的任性、你的孤单、你的偏执、你的小心眼
你的坏心思……你的冷战术

整整一百零八种小情绪
就像是梁山上的一百零八位英雄

——他们都是听你的
好了，天下已定。现在你也不愿意再做

乱臣贼子。你选好了吉日良辰
受我招安

江　湖

传说东方出现一神物
传说得到它，可以练就绝世武功
传说可以美貌，可以长生，可以拥有
你的拥有
传说此物被他人所获

所有故事都是这样开始的
所有过程都充满惊险与心悸
所有结局都是悲恸的

除非你不在乎，除非是你我从
不涉足

夏日的合欢树

想起的　又是去年的事了
或许再久远一些

人们把你安在肉身上
而我　必须锈入你的骨子里

再孵一点时间
要揭出一丝丝的怨　和一丝丝

难解的缠　这样
才不至于让你把我忘怀

心中的太阳

这就是我要的太阳吗
风雨后　它慵懒地睁开眼
舒展着薄薄的四肢　罩在围上的花朵
那凋零的花瓣呀
还凝结着昨夜的霜华

这就是我心中的太阳吗
它踩疼我的尸骨　披着黄晕的光影
仿佛是回忆里的一道纱
轻轻地揭开
还可以触碰昨日的伤疤

石头记

没有可遗憾的
一万多个白日里的日光和一万多个
黑夜里的月色

让你醒着 也让你醉着
让你掖着藏着 喊不出疼或者幸福

时间总是还有的 可以再慢一点
慢一点
阳光洒出更多的咸
雪花一样飘落

故乡 有一丝温暖有一丝寒

假 如

假如　从来没有见过你
那该多好

假如　没有你盈盈一笑
那该多好

假如　你也没有那么美丽
那该多好

假如　你也没有给过我希望
那该多好

朋友啊　我不说你的善良
在我沉醉的春风里

你随意丢下的一枚枯柳叶
就削了我七分的魂魄

种　子

我还是
爱你的
像是怀揣着一颗种子

想象着
它的萌芽、生枝、开节、裁叶
甚至
开花、结果我都
把它想了

然后
剩下的时间
——把它给你

秋 天

正是秋天
我忘了疼　忘了已经愈合的伤

白云飘过的时候　蓝天
映着你的脸

我喜欢的夜晚　星星
蒙住眼睛　月亮悄悄翻上了树干

小草伏下身子
田野上　沙沙地响

失恋后……

我想，
我该博爱，去爱一片森林
不选一棵树吊死
走到哪，爱到哪
我爱清晨的一只小鸟，我爱路边
放肆开放的野草
我向过路的一群蚂蚁倾诉
我向飘过的一缕白云表露衷心
幸好，
它们都不善言语。
春光和煦万物柔情，它们比我更多情
才不至于
拒绝我的爱情

入 梅

很静。校园里都很静。
窗外的雨没有
打扰我，
风没有打扰我。
现在，没有铃声，也没有学生来向我问：
"人生"是什么？
整个上午，仿佛什么事情也没做。
只是在一条道上，我走了
很久，很久……

"那么，回来吧！"
用一下午时间，用一个季节，用一段
青春，
如果还不够，
那就让一场暴雨搭上自己不惑的中年。

雨　天

有时候
我需要想着快乐的事情
比如说
阳光　清泉　明天　还有爱情

有时候
我还需要不停地跑步
或者
拉起哑铃不许停下

重复着
每一个重复的动作
包括
一遍一遍地想你或者忘记你

风情山庄

一定还有一些未了的心愿吧
像今晚的月亮
圆了十五　又圆十六

它升在湛蓝的夜空中
照着对面的百丈崖
冷冷的光　裸露着时间的伤

亲　在这样的谷底我已经驻满十八年
溪头潺潺　青草妻妻
谷底的蝴蝶　蜜蜂从未飞出

木马　琴弦　石屋……还有堆砌起来
的城墙
百丈崖环绕着风情山庄

是一块巨大的回音壁
来吧——今夜月色尚好　拉一段京胡
唱一出六郎

龙爪槐

已经来临
六月的雨水和七月的骄阳

身体盛满太多的冰与火
需要一个个漫长的夜

久久不去闭眼
盘曲着枝藤　向下　向下

叶子朝下　根须朝下　一切新生的
或者老去的都朝下

火车过天桥

火车过天桥时
天桥在颤抖
天桥下的我也开始颤抖

火车总是要来的
天桥早有准备　早已
习惯

天桥下的我　承载不住
天桥的疼和痛

樱　花

像一地落碎的阳光
像梦幻的童年
像奔腾的生命
像缤纷脆弱的爱情
像我明天的明天

是我明天的明天
是缤纷脆弱的爱情
是奔腾的生命
是梦幻的童年
是一地落碎的阳光

历　史

一个人在人群中站了起来

必定会有另一个人
将他推倒

一个人让一个民族站立了起来
他就是
一座丰碑

写　水

水留下三段情史。分别爱上
太阳、月亮
还有火
爱在水中生，也在水中灭

以流水的方式前行
带着君临天下的大势，和壮士

断腕的决绝，喝下的烈酒
奔腾的血性
又岂能描摹水的温柔

在明月里，他们照见着自己的前生
一种抽刀断水的哀愁

梦 境

经过你的村子　下马安蹄　火把熄灭
带一缕月光循路

草莽的腊月　我只饮酒　写诗
写诗　饮酒

那潮湿的巷口　低矮的屋檐
一滴冰雨划破夜的禅寂

而我用尽一生的时间　去遗忘的碎片
又在某个夜晚或者清晨
拾起

潜　伏

你是旖旎在墙头的那枚蔷薇
我是匍匐在枝蔓下的那束暗影

我在等待一个时机
当十月的秋天　天空的白云都追逐着风儿
不小心遮住了太阳的那一瞬

我一定会跳出
深深地把你包围
告诉你　我深埋的祈愿

就这一刻后
我又看到你阳光下的微笑

此时　我也需要的一种温柔
将我悄然融化
刺入你鲜嫩的花骨
等待着
和你慢慢枯萎

迟 暮

东风吹起，草木苏醒
桃花留着暗疾，流水映出美人痣

三月的雨水在体内泛滥
拥挤
一朝夜雨，一朝冷

原谅我。和
那些渐渐模糊的年华

远方太远，我闻到泥土的气息

乡下行走

从前乡下很少看到车，出行多靠走路
我知道我的父亲一星期行七百里
把远方的那个女人领来
几年后我是他们的第三个孩子

现在乡下车多、路多，走路的人也多
有的走着康庄大道，有的一生
磕磕碰碰
有的喜欢类聚说说笑笑，有的三三两两

互不作声，有的只顾自己暴走、独行、流汗
有的听音乐、看风景，吹吹风
拨弄着手机
像在半路等一个人或寻一个人

有的走走停停，本身就是一种风景
有的会突然惊喜，遇上
生命中的另一半
有的好好的另一半走着走着丢了、散了

野 猫

我在一处废墟上发现它
正好它也瞅见我

它没有"喵喵"地叫唤
眼睛直直摄着我

我一动不动　它一动不动
时间仿佛凝滞

我暗暗揣顺它的习性
它定也抚摩我的凡尘旧事

酒　后

大地总是比我更早沉睡
人间的美景都让我留恋

秋深的夜里蟋蟀已经停止唱歌
也没有美酒可以让我再醉

当你说出秘密
头顶上的星辰暗下去又亮起来

那些写进天书的文字
都是三生石前我们重逢的琐事

青 蛇

我只有五百年的道行
扭着腰肢上岸

走在前面
可为姐姐挡住一剑

再修五百年
我也能修一个许仙

姐姐啊
那时我也要随君而去

姑娘的泪

环城河的夜
是那么美
姑娘你为什么流泪
爱情就像那河水
忧郁
而让人沉醉

城市的霓虹
是那么美
姑娘你为什么流泪
爱情就像那灯火
过了今夜
也许他就不在

呵！姑娘
你如媚的眼儿
是那么美
为什么她要流泪
让我吻干你的泪
我要你的爱不知道沉睡

一首情诗

落叶是秋天的一首情诗
南归的大雁
拉开天空的巨弦
某一处，我的心柔软如苔
暖暖的阳光照耀

那支飞出的利箭，在到达你的心扉前
悄悄落下

江 河

江河里有草长的声音
汲汲的水草，芊伏着腰肢
鱼儿，在它们身边穿梭、翻滚。十一月的
阳光劈开碧波
照亮银白色的影子
在粼粼的微波中我看到时光和山色

野 花

一定脱了袜子
白皙的小脚丫，踩着地板
嘎吱嘎吱，干净的
凉丝丝的疼
外套也下了，所有坚硬的外壳都下了

此刻，柔软柔软的
不用谁轻轻唤出你的名字

这幽静的谷地
这七月里雨季的漫长和光阴的闲暇
每一分，每一秒都是您的
还有那只飞入谷底的蜜蜂
也是
您的

沃洲湖

我爱你　日出清风后的荡漾
我爱你　渔歌唱晚夕阳柔波下的碎态

炊烟袅起　万物皆被我们幸宠
月色下不必许下终身

没有谁欠下谁　也没有前世来生
如果白天爱不够　我还有整个黑夜向你倾诉

在偃王亭

偃王亭是西周的偃王亭　　苫根是

偃王的苫根

远山是黛绿的远山　　水库是

望族的眼泪

在一个细雨的午后，靠近暮昏

我徒步登上偃王亭

站高望远

不是王者归来　　不是村野樵夫

心中泯灭的也未曾泯灭

心里燃起的也未曾燃起

在偃王亭　　清风徐来

尘事凛冽

问我的清愁　　恰是这半湖的涟漪

六　月

雨停了　有一丝丝的风
游走

地面上的植被　碧绿如洗
白色的蝴蝶在陇间翻飞

云层在东山头吹响集结号
晚霞泻出西天的一角

蜘蛛乘着风
又拉起那张湿漉漉的网

相　逢

你梦里的江河　奔腾激越
你驻足的山峰　起伏绵延

从这里到平原　还有
途经的沙丘　呼呼的北风

我的南边雨水充沛　草木丰茂
林中小兽都是默认好友

这个城市　干净　清晰
每一寸土地　每一条河流　每一瓣

春天的落花
在你的眼眸离别是另一次的相逢

对　决

你有七十二变　我有三十六计

你有一百零八种的魅惑
我有二十八碗的胆魄

孙猴子筋斗云厉害　也翻不出如来
的手掌

好吧　在你还未成佛前
我是济世的观世音　请受我的紧箍咒

与花语

多好，遇见你。空气在飞

一朵花
啜饮的春风里

而我只是一滴露珠

在太阳升起前，来不及一声告别

芨芨草

哪有那么多巧合
与你相遇

哪有那么大缘分
彼此牵手

黑夜中看我们的孤影

天涯处
只是与你擦肩

与己书

再没有良辰，或者美酒
让你忘了一些事，忘了一些絮絮叨叨的人

今夜，也不再细分牛羊、田庄和粗粮
画出的疆土
是你的，也不是你的

"很多的事仍在重复，很多的人
仍在选择默默无语。"

他们的秘密都只能是浩瀚星空划过的流云
夜幕上的刀痕，没有人比我
更知道疼

黑暗中相逢

我渴望你拾着干草
经过我的马匹

当你俯下身子　细数昨日
故乡　童年　田园被反复唤起

夜幕的星子　总是晚于
人间的烟火

这像极了我们的一生

钟声还没有敲醒　夜色很轻
很轻

水　妖

我探到了夜光下的泉
缥缈地唱着
远古的歌

寂寞与守护　星辰
与烟花
这辽阔的人世间　繁华落尽后
的荒凉

落日下的
芦苇摇曳着金光
月亮之上　水声
甜美
你婀娜的身姿苇絮一般飘飞

这些年

这些年，有人继续把白的说成黑
又把黑的擦亮白

这些年，邻村的小河涨过三回
面善的老人总是太早离世

这些年，你满街的忧伤无处可放
黑发开始勤收白头

这些年，你臣服于时间，收紧欲望和卑微
学习生活和爱

在图书馆

我在这里读诗，读很多诗。
读别人的诗，
读很多有名诗人的诗。当然也读到
一些陌生人的诗。

我也写很多的诗，用我的笔名，
投很多稿，
我渴望我的诗能在这里被读到，
被翻阅。
被像我这样喜欢诗的人欢喜。

"我在这里！"

那日，她面色绯红，替你挡了
最后一杯。
仿佛为你挡下一剑，
整个江湖都已经
归你。

多少年后，你仍念念不忘。

那书中的白衣女子，
她仍在南方。
十年里，只寄回过你
一张明信片。

她用隽秀的字体写着："我在这里！"

十　月

十月　大海宁静
天空高远
头顶的云朵很轻　很轻　像某人
离开的脚步

而我就是那片云上
沉睡的夏娃

解放路拥挤而陌生　两旁的梧桐已经
煨上秋装
接着就是黄叶
的飘零　像极了她梦里的蝴蝶

兰若寺

饮过盗泉水，受过嗟来食
熟读经书八百卷
在我赶京赴考的行囊里，还藏着
一把名利的剑

——兰若寺，这千年的古刹
在平水古镇，它只是一座水库的名字
而寺庙
早已沉在水底

望着湖面，恍如浮现聂小倩的身影
幽怜的眼神，哀怨的烛光
若是寻见
必也是院墙内多一堆无名的骨

祖 国

从手指到脚尖，从发梢到嘴唇
沿途穿越十万亩的良田

在一个村庄抵达另一个村庄之间
只有你能听到

还有百万顷的植被、森林和沙丘。被
世界屋脊拱起奔腾的河

这是我的祖国。在亿万年地壳
涌动、碰撞中相逢

每一处火山后的灰烬，每一处海岸线
的绵延，都留下我们的赞歌

那时候……

那时候　一颗糖果就能让我
欢欣

那时候　一本小人书就能
陪我一个下午

那时候　玩泥巴　躲猫猫　捉知了
瞄玻璃弹　拉弹弓

那时候　没有做不完的作业
和上不完的课

那时候　我拥有一条流浪狗
我们亲如兄弟

愿意做个女人

如果，可以
我愿意做一个女人
当然，她有一定的身姿
笑眉，大脸
有银铃般的声音

她爱幻想，爱做梦
她可以不洗衣服，不做饭

请允许她喝一口小酒
她可以任性、撒娇
或者
养一只馋猫

如果，可以
我愿意做回一个男人
用来
爱这个女人

夜游西湖

此时，船非渡船，人非圣人
有的已经白发，有的还念在昨日

天空也不再飘雨
你坐船中，五月的晚风从湖面吹来
乱了你的发

远处，吴山卧弓，城隍阁高望
保俶塔塔尖流星
湖心亭烟波浩渺，三潭无月可寻

重建的雷峰塔忽然灯火熄灭
想是夜深，白娘子已经安寝

酒后，或：想到的祖国

祖国　她很大　960多万平方千米的
陆地　470多万平方千米的海域
她又很小　在我孩童
记事起　就被我装进书包

祖国　像个虚词　是我长大后迷恋的
酒　血液里的疼　穿过我的左边
流经肝　脾　肺
在我呼吸的咽喉口　奔出生活的甜

酒后　我更想祖国　想她局部的气候
绵延的山峦　潮涨潮低的河流
这片脚踏的土地　亲吻自由
我种上过的小草　鲜花还有更多苗木

酒后　我更想她的明媚　阳光扶摇
旗帜的笑容　清澈的云朵之下
溪水潺潺
我驻的村庄　白墙黑瓦　高粱红　稻穗香

给我一支烟

夜深了
这时候　需要点一支烟

它的气息靠向我
或者更亲近于一种安宁

此时　若是有一名女子递给我一支烟
被吱吱唤醒的就是我的情欲

美妙的一瞬　是灵魂碰撞灵魂的燃烧
直到灰烬
掉落
被风淹没

安　排

给你一杯酒
给你阳光　雨露　清风或者一阵欢喜
或者再递你一支烟

给你一段清新的旅程　给你一个梦
梦中不醒
再许你一个三生三世想遇见的人

让坏人都靠边
你还有一些久别重逢或未曾谋面的亲人
他们从很远的路上回来
回来
与你相认

我想建一间房

在巧英我想买块地，建一间房
房子不大，摆的下我三尺书桌

推开城市的喧嚣，心往山之巅的小将
小屋背靠竹山，推窗望湖

我必须在巧英建一间房，建在山岚之上
隐于竹韵绿涛，春天怀抱桃花

再辟出一块地，用巧英的水
种草，种花，种茶，种小京生

在巧英

在巧英，请许我半寸时光
让这万顷的竹海云涛，撒一场不期
而遇的雨
点我春夜的寒

在巧英，请许我一尘白骑
追逐这纷扰浮世的人间，在你必经
的驿站
为你送达一枚今世的果

在巧英，请许我一段红尘
一生一世或许太长，那就用温半盏酒
的时间
驻下你三生三世的容颜

他　们

他们说钱这东西没用
不能换来健康　快乐　太平
不可信
他们说钱这东西
生不带来死不带去的没用
不可信

死人都喜欢
你看
那么多后人都在烧纸钱　冥币　金元宝
好让先人们不再做穷人

担心那里也通货膨胀
他们都为你想好了
直接烧纸别墅　纸轿车　纸丫鬟
还可以陪上若干漂亮的纸夫人
实行一夫多妻或者一妻多夫
他们说了算

最后他们还建议烧一个能干事的管家
精通算术
对了
他们不会忘了在他背后刺上"精忠报主"

未曾离开（后记）

书桌上有烟，打火机新的旧的若干。（好像我都舍不得扔掉……）烟灰缸，烟灰盒，麦片，水果，餐巾纸，凌乱的书籍，暖水壶，小茶盏，水杯，一个朋友送的玻璃高脚酒杯伶伶地站着，笔筒，当然还有一台大显屏的电脑……

往下，翻开书桌抽屉——这是书桌唯一的一个小抽屉，有烟、纸牌；有换代的多种电子产品、U 盘、证件；有废纸、账单、名片、同学录、工作录、烟壳；还有一大堆旧的新的红包壳——就在上次我还从旧红包壳里拽出一张大红皮来……也许找着找着，我还能再翻出些什么来，我这么想着，还真会去翻弄，比如，闭着眼睛找出一些前世的记忆，未知的某某遗产，身世之谜，再或者那些遗忘在角落的秘密。

我的木椅后面是一排靠墙的书架，摆放着许多书籍，特别是诗集：网上淘的，诗友赠送的，自己喜欢的；还有期刊、杂志等，堆放在一起。——这让我想起去年三月份去荣荣老师的办公室，桌上桌下、茶几上、沙发上、地上到处都是书，居然也这么零乱堆放着，以至于仿佛都无立足之地，但这并不让我局促，反而倍感亲切。老师说这是因为她们要换办公室而腾空的。——而这里是我的空间，它小而零乱。

是的，我不大收拾我的书房，更不大整理我的抽屉，所有的一些小东西都会往里放，放不下了，塞一塞还是可以的，再不，就往桌上摆。我是那么自然，要东西了就知道往哪里拿，这是习惯。反正整理了也会乱，仿佛我还有很多时间，剩下的时间，——现在不需要我去整理，那些陋习、坏毛病不需要我去急着纠正，我就是我，我还是我，我仍在无序摆放。

就好比这本诗集。这是我人生的第一本诗集，或许也是我唯一的一本诗集，我珍爱它。我知道我并不优秀，小时候成绩平平，长大了浑浑噩噩，诗歌于我是一种馈赠，而世间所有的馈赠都必定不是无限的。所以我要努力，努力写诗，想起曾经为写好一首诗、一句话、一个词，反复地嚼，甚至于夜不能寐，常常闭目冥想，念念叨叨，半夜突然起身修改字词，激动兴奋之情常伴，恍如隔世初恋。——《桃花》《花事》《青瓷》《月亮》等等，就是我那段时期的作品。我记得我曾为《青瓷》里最后一句诗——"这人世间开片的疼和伤，我也从来不向你隐藏"而流泪。

总要认真的吧，我这样想着。它应该像我的孩子，一旦出版，就是成长定型，不能再更改。我总得管，我得磨，得审，一遍一遍的。我曾试着把这本诗集分成四辑："画眉"、"在人间"、"一首情诗"、"黑暗中相逢"，人家大诗人也不都是这么整理自己的诗集目录的吗？一册一册，一辑一辑，多么严实，多么工整，多么有逻辑，让人捧着诗集不用细看，单看目录就一目了然。

我是否也要这么逻辑清晰呢？我马上又犹豫了。曾经我的诗写完后都有日期，但我把日期都删了。当我写出这些诗，特别是出版这些诗，我就不希望它再成为我特定的回念，我希望它都能长出翅膀飞向自由——它该属于自己，属于不同的读者，属于喜欢它的那些朋友，和我有一样性格、一样喜好、一样思想的个体。而我存留的这些痕迹都应该隐藏或者被抹去。

理想和现实本就是混乱体，矛盾又纠缠。而人是复杂的，人的思想又何尝不是如此？但这并不妨碍我们对爱和自由的追求以及对美好生活的向往。入世皆为修行，在混乱中摸索，在混乱中整理，在混乱中前行，一些小情绪，一些小心思，一些七情六欲，一些喜怒哀乐都显现，这才丰富了人生。很多的经历、情感可能不是自己的，但是随着你阅历的提升，经验知识的获取，我们都能感同身受，知世间冷暖。于是我喜欢写诗，写一些"真"的东西，真的情怀。我喜欢读《三国》看《水浒》。我懂曹操，知刘备，理解东吴小主公的隐忍与无奈，我体会武松的豪爽、快意恩仇，感悟林冲的郁郁寡欢、英雄气短……

我并不好烟，但确装得像烟鬼一般，有时弹得桌子上都是掉落的灰；我并不好酒，一喝酒就醉，脸红如关公，可我书桌下总是放着几瓶喝不光的酒。我的南墙上挂着一幅字，写着"春华秋实"；我的北窗旁挂着一幅素描，这是我画的素描——一只晨光下的白天鹅，它漂在粼粼清波的湖上，翕动翅膀梳理着自己蓬松而纯白的羽毛，它扭着头看，似乎看着我，看着凌乱的书房。而我从它回眸的眼神里读出它的清澈。

橘子

2023 年 3 月 9 日